CHANSONS

ET

POÉSIES NOUVELLES,

Par J. MERCIER.

PARIS,

J. B. CLAREY, LIBRAIRE,

RUE SERPENTE-SAINT-ANDRÉ, 5.

1842.

CHANSONS

ET

POÉSIES NOUVELLES.

CHANSONS

ET

POÉSIES NOUVELLES,

Par J. MERCIER.

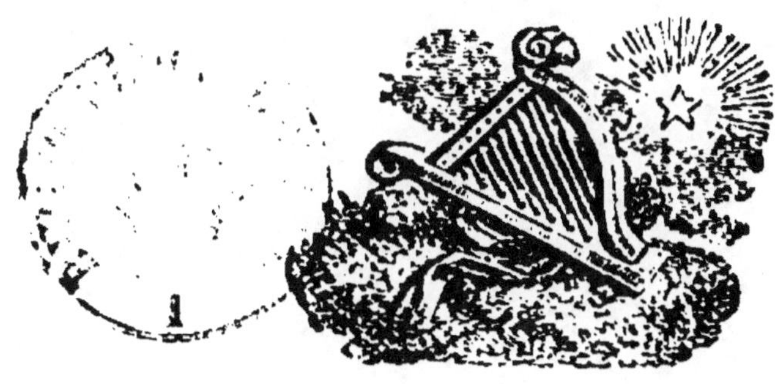

PARIS,

J. B. CLAREY, LIBRAIRE,

RUE SERPENTE-SAINT-ANDRÉ, 5.

1842

CHANSONS

ET

POÉSIES NOUVELLES.

Les Cendres

DE

NAPOLÉON.

Air : *Dans la noble Venise.*

Dans le sein de la France
Elles vont reposer :
C'est là que sa puissance
A su se déployer.

REFRAIN.

Les Cendres du Héros,
Qui des cieux goûte le repos,
  Chez les braves Français   *(bis.)*
Ont un asile pour jamais,
  Oui, pour jamais.

Rocher de Sainte-Hélène,
Témoin de sa douleur,
Où la mort inhumaine
Frappa notre Empereur.
    Les Cendres, etc.

C'est à toi de nous rendre
Un bien si précieux !
Il est beau de comprendre
Notre élan généreux !
    Les Cendres, etc.

Une allégresse sainte
Charme notre plaisir,
Pour celui qui, sans crainte,
Vingt ans sut conquérir.
    Les Cendres, etc.

Les guerriers de tout âge
Vont entonner le chant
Qui rend un pur hommage
Au fameux conquérant.
    Les Cendres, etc.

Sous la même bannière   (*)
Nous marchons à grands pas ;
La France est toujours fière
De ses vaillants soldats.
   Les Cendres, etc.

—

O Cendres immortelles,
Dignes d'un meilleur sort !
Que nos âmes fidèles
Te trouvent au bon port !

Les Cendres du Héros,
Qui des cieux goûte le repos,
  Chez les braves Français   *(bis.)*
Ont un asile pour jamais,
   Oui, pour jamais.

(*) Allusion à Mazagran.

LE SONNEUR.

AIR : *Du Vaudeville des deux Edmond.*

J'AI fait à l'austère sagesse
La belle et sublime promesse
Que je tiendrai jusqu'au tombeau,
    De craindre l'eau.   *(bis.)*
Mais je ne crains pas la misère,
Quand je possède dans mon verre
Le vin qui réjouit le cœur,
    J'en bois comme un sonneur. *(bis.)*

Je respecte la médecine,
Mais je n'aime pas sa cuisine,
Son goût n'a jamais été fin :
    Vive le vin!   *(bis.)*

Surtout celui de l'Hermitage,
Qui plairait même, je le gage,
S'il vivait, à notre Empereur :
    J'en bois comme un sonneur. *(bis.)*

—

Si parfois je me trouve à table,
Assis près d'une femme aimable,
Dont l'esprit double les appas
      Du grand repas,   *(bis.)*
Je me prête à la circonstance,
En versant le bon vin de France
A chaque convive buveur
    Qui boit comme un sonneur. *(bis.)*

—

J'admire la bonne musique,
Et j'abhorre la politique
Qui ne connaît que le détour
      Des gens de cour.   *(bis.)*
Je crois que j'ai de la richesse,
Quand chez moi je vois une pièce
Du vin qui donne la vigueur :
    J'en bois comme un sonneur. *(bis.)*

1*

Tout le monde, je le parie,
Sait que les peines de la vie
Nous laissent le pénible espoir
    De les revoir.   (*bis.*)
Mais le vin nous offre des armes
Qui, certes, ont beaucoup de charmes
Pour combattre notre malheur :
    J'en bois comme un sonneur. (*bis.*)

L'ESPRIT
de l'Homme de Bien.

Air : *On dit que je suis sans malice*, (de l'opéra du
Bouffe et le Tailleur.)

A ma mode je vois les choses ;
L'épine ne croît pas sans roses :
Cette idée toujours me sourit.   (*bis.*)
Tant pis pour ceux de qui les haines
Souhaitent aux autres des peines ;
Ils n'ont jamais eu mon esprit.   (*bis.*)

—

Mon esprit est simple, sans doute ;
Mais puisqu'il m'indique la route
De ceux que le bonheur conduit ,   (*bis.*)
Ne dois-je pas, je me demande,
Être content de son offrande ,
Et l'être aussi de mon esprit ?   (*bis*)

Que le pauvre à ma porte sonne,
S'il me dérange, je pardonne,
Même quand je serais au lit :   (bis.)
Pensant que son humble prière
Est celle d'un malheureux frère
Qui possède un fort bon esprit.   (bis.)

Le meilleur est celui, je pense,
De ne faire à personne offense ;
C'est ce que le bon droit nous dit.   (bis.)
Ne sent-on pas dans la pensée
Les maux de cette âme blessée,
Qui l'est souvent plus par l'esprit.   (bis.)

Il faut envier, j'ose dire,
Le sort de qui n'aime qu'à rire ;
Pour cela je crois qu'on nous fit.   (bis.)
Des grands ne cherchons pas la pompe ;
Qui se croit grand, souvent se trompe :
Car on ne l'est que par l'esprit.   (bis.)

Les Allumettes Chimiques.

AIR : *Du Vaudeville des deux Edmond.*

JE soutiens que les allumettes,
Surtout quand elles sont parfaites,
Peuvent éclairer le boudoir
    Où l'on peut voir   *(bis.)*
Une femme jeune et charmante,
A la taille en tout ravissante,
Dont les yeux parlent aux amours,
    Qu'elles éclairent toujours.   *(bis.)*

—

Que leur feu prête sa lumière
A la bonne et pieuse mère
Qui veut procurer le repos
    A ses marmots.   *(bis.)*

Qu'elles jettent la vive flamme
Pour le savant qui, de toute âme,
Profite des instants si courts
    Qu'elles éclairent toujours.   *(bis.)*

—

Mes vœux sont qu'elles soient humides
Pour les méchants et les perfides,
Et que l'ombre porte leurs pas
    Vers le trépas.   *(bis)*.
Mais à ma volonté propices,
Pour éviter les précipices,
Au juste qui suit bien le cours
    Qu'elles éclairent toujours.   *(bis.)*

—

Par un enchantement magique,
O bonne allumette chimique!
Viens éclairer mon faible esprit
    Pour cette nuit.   *(bis.)*
Car elle me paraît si noire,
Que sans ton aide, je puis croire,
Je donnerais dans les détours :
    Éclaire-moi toujours.   *(bis.)*

—

J'aime le vin , fût-il de Grave ,
Que le riche met dans sa cave ;
Mais il faut de brillants flambeaux
    Dans ces caveaux.   (*bis.*)
Pour prendre la meilleure année,
Bonne allumette renommée,
Donne ton lumineux secours :
    Éclaire-moi toujours.   (*bis.*)

—

Noble et sublime poésie,
Du feu de ton divin génie
Je voudrais pouvoir approcher
    Pour allumer   (*bis.*)
Encore une pauvre allumette ;
Car pour mon humble chansonnette,
Il me faut cet heureux concours ,
    Qu'elle éclaire toujours.   (*bis.*)

MON CHAPEAU.

Air : *De la Colonne*, ou *Des Enfants de la France*,
(de BÉRANGER.)

Pour mon sujet, je prends ce qui me couvre :
Mon vieux chapeau, tâche de m'inspirer.
Pour un ami lorsque la porte s'ouvre,
Très poliment il faut le saluer.   (*bis.*)
Il faut aussi saluer l'indigence,
Qui sait braver le sort et son courroux.
     N'est-il pas homme comme nous ?
     N'est-il pas enfant de la France ?   (*bis.*)

—

Ne reste pas sur ma tête blanchie,
Quand tu verras passer un vieux soldat,
Un défenseur de la noble patrie,
Qui sut pour elle voler au combat.   (*bis.*)

Le temps qui fuit n'a pas de sa vaillance
'Terni l'éclat qu'il eut dans ses beaux jours :
    Si son pays réclame son secours,
    C'est toujours l'enfant de la France. (*bis*.)

—

O mon chapeau ! dans ma douleur amère
Porte le signe du grand repentir ;
Car un Guerrier, dans une île étrangère,
De ses malheurs vit le dernier finir. (*bis*.)
Il supporta son affreuse souffrance :
C'est un vainqueur à jamais glorieux.
    Qu'il soit au séjour des heureux,
    Comme il est Enfant de la France. (*bis*.)

—

Selon ses vœux, sur les bords de la Seine
Ses nobles cendres reposent en paix ;
Là, le Martyr du rocher Sainte-Hélène
Est au milieu des valeureux Français. (*bis*.)
Ces vétérans de sa longue puissance
Prient pour son âme la nuit et le jour,
    Et prouvent ainsi leur amour
    A l'illustre Enfant de la France. (*bis*.)

—

Je dois enfin terminer cette histoire ,
De mon chapeau je ne vais plus parler ;
Mais de celui qui s'est couvert de gloire ,
Et fit trembler si long-temps l'étranger. (*b*.)
De ce Chapeau , dont la seule présence
Dans les combats ranimait nos guerriers ,
   Et faisait cueillir des lauriers
    Aux nobles enfants de la France.   (*bis.*)

Sur la colonne, chargée de conquêtes,
Tous les passants lui rendent les honneurs,
En découvrant leurs jeunes ou blanches têtes
Combien a-t-il fait palpiter de cœurs! (*bis.*)
Chacun de nous garde la souvenance
 De ce Chapeau digne de notre amour.
   Peut-être qu'au divin séjour
   Nous verrons l'Enfant de la France. (*bis.*)

CHANSON

Composée à l'occasion de la Saint Charles, *et chantée ce même jour de la Fête de mon ami* GAUTHIER, *Peintre distingué, honoré de plusieurs médailles.*

Air : *Jadis un grand Prophète.*

Charles, je voudrais, pour la fête,
Te prouver que j'ai le pouvoir
De trouver dans ma blanche tête
L'esprit qui ferait mon espoir ;
Mais je crois que ton indulgence
Ne me fera pas faute ici,
Car ton cœur est celui, je pense,
D'un franc et véritable ami.　　　(bis.)

—

Parmi les dons que la nature
Sut disposer en ta faveur,

Se trouve l'aimable peinture,
Qui te fait un si grand honneur :
Tu possèdes, chose certaine,
Le talent d'un sujet fini ;
Plus, une bonté souveraine
Qu'on admire dans un ami.   (bis.)

Jouis du sort qui te caresse ;
Si tu veux le trouver plus doux,
De ta femme aime la sagesse,
C'est ce que doit faire un époux.
Tous les instants de la journée
Sont pour l'enfant et le mari,
Voulant ainsi toute l'année
Conserver un sincère ami,   (bis.)

AUX

Braves de Mazagran.

Air : *Les gueux, les gueux sont les gens heureux.*

Pour Mazagran
Je prends mon élan,
Quand sur l'Océan
Je serais un an.

Nom d'une solide bombe !
Je n'irai pas avec eux,
Pour enfoncer dans la tombe
Ces arabes dangereux !
Pour Mazagran, etc.

—

Nobles enfants de la France!
Pour vous quel glorieux jour !

Votre mère a l'espérance
De vous payer de retour.
    Pour Mazagran, etc.

—

Le capitaine Lelièvre
Est connu pour un lapin,
Qui n'a jamais eu la fièvre
Devant le rustre Bedouin.
    Pour Mazagran, etc.

—

Calme au milieu des alarmes,
Ne craignant pas de souffrir,
Il dit : Mes compagnons d'armes,
Nous saurons vaincre ou mourir.
    Pour Mazagran, etc.

—

Arabes et guerre sainte
Sont enfantés pour jamais ;
Ils ont vu qu'avec la crainte
Ne marchent pas les Français.
    Pour Mazagran, etc.

—

O ma France bien aimée !
Que Dieu protège tes ans ;
Que tes peuples et l'armée
Ainsi qu'eux soient tes enfants.

Pour Mazagran
Je prends mon élan,
Quand sur l'Océan
Je serais un an.

LE BON VIVANT.

Air : *Ainsi jadis un grand Prophète* , ou *Du Docteur et ses Malades* (de Béranger).

Le vin dont se remplit mon verre
M'inspire des couplets joyeux ;
Je suis très gai, par caractère,
Oh ! qu'en rimant je suis heureux !
On assure que dans la vie
Le bonheur n'est jamais entré :
Tâchons que l'aimable folie
Sache nous en dédommager.　　　　(bis.)

———

Pour goûter la paix en ce monde,
Et n'avoir jamais l'humeur noire,
Je bois à la brune, à la blonde,
Et m'occupe peu de la gloire ;

Seule elle m'enivre et m'enchante,
Quand elle veut trinquer toujours,
Mon grand plaisir est quand je chante
Et le bon vin et les amours.   (*bis.*)

—

Les vins de Bordeaux, de Champagne
De mes amis sont les plus grands ;
Et quand je me mets en campagne,
Pour me soutenir, je les prends.
Sans chagrin, je fais un voyage
Qui n'est point heureux à demi,
Et je regagne mon rivage
En véritable sans-souci.   (*bis.*)

LE VOYAGE NAUTIQUE.

Air : *De la Tartane.*

Dirige ma nacelle
Pour aller au plaisir,
L'onde est calme et fidèle
Au souffle du zéphir.

Nous allons de ces lieux voir la rive lointaine,
Ces superbes jardins arrosés chaque jour ;
Et près de ce château, la limpide fontaine
Où presque tous les soirs j'attendais ton retour.
Dirige, etc.

Aperçois-tu, là-bas, cette verte prairie,
Ces bosquets de l'amour, ces roses du matin ?
Je trouve ta fraîcheur mille fois plus jolie,
Puisque, plus fortunée, tu vois le lendemain.
Dirige, etc.

Vois des petits poissons la parure argentée,
De la félicité savourant les douceurs ;
Je te souhaite, hélas ! pareille destinée,
Et que tes jolis pieds ne foulent que des fleurs.

Dirige, etc.

—

Je prie que le destin conduise ma nacelle
Doucement au bon port qui doit me rendre heureux ;
Et que, toujours brûlant d'une flamme nouvelle,
Je trouve le bonheur dans tes bras amoureux.

Dirige ma nacelle
Pour aller au plaisir ;
L'onde est calme et fidèle
Au souffle du zéphir.

LE PAYS DES AMOURS.

Air : *Je vais revoir ma Normandie.*

Je fus transporté par un songe
Dans un séjour délicieux ,
Le temps voulut qu'il se prolonge ,
Et je vis, en ouvrant les yeux :
D'abord , une riche vallée ,
Des bois, des prés fleuris toujours.
Je dis, dans mon âme étonnée:
C'est donc ici le Pays des Amours.

C'est là que la brillante aurore ,
Ouvrant les portes du matin ,
Répand tous les parfums de Flore
Pour procurer un jour serein ;
C'est là qu'une joie sans mélange
Des habitants charme les yeux.

Si j'avais les ailes d'un ange,
Je volerais au Pays des Amours.

Là , jamais la cruelle envie
N'entendit siffler ses serpents ;
Une bien plus douce harmonie
Embellit les jeux et les chants.
Là , point de banquets d'étiquette ,
On rit mieux qu'à celui des cours.
Si je pouvais, je le répète ,
Je volerais au Pays des Amours.

Là , les juges ni la justice
N'ont pas de palais, ni châteaux ;
On n'y connaît point la malice,
Il ne faut pas de tribunaux.
Les ravissants jardins d'Armide
Sont plus gais que leurs sombres bords.
Je vais marcher d'un pas rapide,
Pour arriver au Pays des amours.

LE COMÉDIEN.

Air : *On peut tout espérer d'une belle, quand on s'y
prend si poliment.*

Ami de la belle nature,
Je naquis sur un sol heureux,
Et du bonheur la flamme pure
Vint éclairer mes premiers jeux ;
Mais il faut quitter la chaumière *(bis.)*
Où je ne connus que le bien, *(bis.)*
M'éloigner de ma tendre mère,
Voulant devenir comédien. *(bis.)*

—

Je croyais, dans ma folle ivresse,
Marcher sur un chemin de fleurs ;
Hélas ! que de près ma jeunesse
Me faisait suivre les malheurs !

En but aux traits de la satyre ,   (*bis.*)
Plaire à l'esprit bon et malin ,   (*bis.*)
Souvent fâché quand il faut rire :
Voilà le sort du comédien.   (*bis.*)

—

D'un mauvais œil on m'examine ,
Pourtant je suis homme d'honneur ;
Et certes, de lui j'ai la mine ,
Comme lui ne suis pas trompeur.
Et du malheureux la prière   (*bis.*)
De mon cœur trouve le chemin ;   (*bis.*)
Je suis sensible à sa misère ,
Et pourtant je suis comédien.   (*bis.*)

—

Le fanatisme, dans sa rage ,
Prenant le ton de la bonté ,
L'habit, la démarche du sage ,
D'apôtre de l'humanité ,
Contre moi lâche sa furie ,   (*bis.*)
Me refusant avec dédain ,   (*bis.*)
Un peu de terre après ma vie ,
Parce que je fus comédien.   (*bis.*)

LE BON PHILOSOPHE.

Air : *Du Carnaval, ou Dans un grenier qu'on est bien
à vingt ans.*

Le beau soleil, en réchauffant la terre
Qui nous fait don de ses biens précieux,
Prétend donner à cette bonne mère
Ce qu'il nous faut pour être tous heureux ;
Mais l'intérêt, les passions, l'envie,
Ne veulent pas permettre notre accord :
Passons gaîment le temps de cette vie,
Et nous n'aurons pas le plus mauvais sort. (b.)

Riches lambris, séjour de l'opulence,
Jamais chez vous n'habite la gaîté ;
Une chaumière, au milieu de la France,
Me rend joyeux avec ma liberté.

Loin des méchans, des jaloux de ce monde,
Encor plus loin, de l'importun remords,
De fleurs je couvre mes pas à la ronde :
Car il faut bien que chacun ait son sort. (*b.*)

—

Brave soldat, que l'honneur seul anime,
Qui des combats a connu les revers,
Qui fut toujours et noble et magnanime,
Et des vaincus calma les maux amers.
Ce vertueux ami de la victoire
A d'un boulet senti le coup de mort ;
En expirant, cet ami de la gloire
Vit sans regret les arrêts de son sort. (*bis.*)

—

Que l'orphelin et la veuve éplorée
Trouvent en nous le bonheur qui les fuit,
Et de leurs maux terminons la durée :
Oh ! que du bien ils sentent le doux fruit.
Assez long-temps une misère infâme
A de leurs jours troublé le bel accord ;
Qu'ils soient heureux, c'est le vœu de mon âme :
Car il faut bien que chacun ait son sort. (*b.*)

A Monsieur Ob...,

MAIRE DE SAINTE-RADÉGONDE,

Qui m'avait manifesté le désir de connaître ma pensée, relativement à ses fonctions de Maire.

AIR : *Contentons-nous d'une simple bouteille.*

Au Magistrat de Sainte-Radégonde
Je viens enfin adresser ces couplets,
Ils sortent d'une plume peu féconde,
C'est dire assez qu'ils sont très imparfaits ;
Mais le sujet pardonnera, j'espère,
Car il possède un esprit généreux :
Il ne sut jamais se mettre en colère,
Que quand il ne put faire des heureux. (b.)

De l'opulent qu'ici bas on encense ;
Il ne sait pas flatter les vains désirs ;
C'est en calmant les peines, les souffrances,
Qu'il se réserve de nobles plaisirs.
Pour satisfaire aux travaux de sa charge ,
Combien de nuits il a fallu passer !
Mais le bonheur le rencontre, je gage,
Sur le chemin où il peut soulager.   (bis.)

Reste long-temps au sein de ta commune ,
C'est là le vœu de tes nombreux amis :
Sage est celui qui sait que la fortune
Nous est ingrate dans chaque pays.
En attendant que le maître céleste
Fasse l'appel où tu te trouveras,
De tes instants sache employer le reste ,
Et qu'il arrive au milieu d'un repas.   (bis.)

LES FEMMES, ET LES AMOURS.

Air : *Dieu, si Madame me voyait.*

Le beau titre de ma chanson
Demande une verve sublime !
En ce moment elle m'anime ;
Mais il me faudrait la raison ,
Qui n'habite pas ma maison.
Elle me fuit d'un pas rapide ,
En me maudissant pour toujours ,
Sachant que j'aime le liquide ,
Puis les femmes et les amours.   (bis.)

De plaire si j'avais l'honneur
En composant ma chansonnette ,
Je serais un heureux poète :
Ce titre ferait mon bonheur ,

Il est glorieux et flatteur ;
Mais mon esprit, par trop timide,
A crainte de manquer toujours,
Sachant que j'aime le liquide,
Puis les femmes et les amours.   (bis.)

—

Je voudrais avoir un trésor
Pour soulager maintes familles,
Les garçons et les jeunes filles,
Et sans doute d'autres encor.
Je ne fais pas un Dieu de l'or :
L'avare, au cœur dur et perfide,
Jouit en le comptant toujours ;
Car il n'aime pas le liquide,
Ni les femmes et les amours.   (bis.)

—

Je plains le sort de l'envieux,
Son âme est sombre, triste et noire ;
Il est ennemi de la gloire
De l'honnête homme courageux
Qui, par son travail, est heureux.
Même de la vertu candide
Il voudrait troubler les beaux jours ;

Il peut bien aimer le liquide,
Non les femmes et les amours.   (*bis.*)

—

Si j'arrive un jour au pouvoir,
Je serai généreux ministre ;
Je me ferai faire un registre,
Où je porterai chaque soir
Le nom du pauvre sans espoir.
Puis un secours prompt et solide
Le dédommagera des jours
Qu'il aura passés sans liquide,
Sans les femmes et les amours.   (*bis.*)

LA VAILLANCE.

Air : *De la Treille de sincérité*, ou *Des deux Sœurs de Charité* (de BÉRANGER).

La vaillance
Est fille de France,
Car elle a fixé pour jamais
Sa demeure chez les Français. (*bis.*)

J'en donne une preuve certaine,
Par les plus belles actions
Qu'elle fait, comme souveraine,
Par la voie de nos bataillons.   (*bis.*)
Elle triomphe dans l'Afrique,
Ses exploits sont toujours nouveaux ;
Les Arabes ont la colique
En face de nos généraux.
        La vaillance, etc.

Nos guerriers aiment la victoire,
Et voudraient tous suivre ses pas ;
Mais on ne peut dire à la gloire :
Pour tous il faut ouvrir les bras.   (bis.)
On serait bien heureux, sans doute,
De posséder tant de faveurs ;
La vaillance n'a pas la route,
En tous temps, couverte de fleurs.
La vaillance, etc.

——

O grande vaillance française !
Protège tes braves enfants ;
Et que sans cesse au ciel il plaise
De les maintenir triomphants.   (bis.)
Ils combattent la secte infâme
De notre implacable ennemi
Qui voudrait, du fond de son âme,
Voir le Français anéanti.
La vaillance, etc.

——

Pour Bugeaud et Lamoricière
Je forme des vœux dans mon cœur,

Qui de leur vaillance guerrière
Désire le parfait bonheur.   (*bis.*)
Ils conduisent la noble armée
Avec un dévouement si beau ,
Que partout elle est respectée
Comme son glorieux drapeau.

  La vaillance
 Est fille de France ,
Car elle a fixé pour jamais
Sa demeure chez les Français. (*bis.*)

MA PENDULE.

AIR : *Salut ! petit Cousin germain,* ou *Daignez m'épargner le reste.*

MA Pendule me fait honneur,
Elle est bonne autant que jolie ;
Souvent elle fait mon bonheur
Par sa modeste sonnerie.
En marquant l'heure du plaisir,
Elle rend mon âme contente :
Je n'éprouve plus qu'un désir,   (bis.)
C'est que son aiguille soit lente.

—

Je possède un grand appétit,
Ainsi qu'une belle fortune ;
Puis aussi le goût et l'esprit
D'aimer la femme blonde ou brune ;

A ma table j'aime à la voir
Trinquer d'une façon charmante ;
Mais de ma pendule, le soir,   (bis.)
Je prie que l'aiguille soit lente.

—

Je respecte l'humanité,
Le pauvre peut parler sans crainte :
Car je sais que la charité
Est une vertu douce et sainte.
Celui qui la peut exercer
Fait une œuvre bien méritante :
Je voudrais, pour l'encourager,   (bis.)
Que l'aiguille soit toujours lente.

—

Quand j'aborderai mes vieux jours,
Et tout près de passer la barque,
Là me laisseront les amours,
Car ils craignent le noir monarque.
Ma pendule, dans ces instants,
Sera beaucoup trop diligente :
Je ne pourrai plus, mes enfants,   (bis.)
Dire que l'aiguille soit lente.

———

LA CONSCIENCE.

Air : T'en souviens-tu? disait un Capitaine.

Dans tous les lieux nous suit la conscience,
C'est en naissant que Dieu nous fit ce don ;
Elle grandit ainsi que notre enfance ,
De sa clémence c'est le rejeton.
Heureux qui vit avec elle sans gêne ,
Il peut compter sur un doux avenir :
Car bien souvent elle adoucit la peine ,
Et nous préserve de tout repentir.   (bis.)

L'homme qui peut, par ses grandes richesses,
Calmer les maux du pauvre d'ici-bas ,
Ne doit-il pas répandre ses largesses ,
Quand il saurait obliger des ingrats ?
Sa conscience sans cesse lui dicte
Qu'il faut laisser un brillant souvenir :

Le temps nous presse il faut donc marcher vite,
Mais évitons l'heure du repentir.   (*bis.*)

—

Le médecin, possédant son diplôme,
Doit avec lui marcher en sûreté ;
Mais avant tout, sa conscience d'homme
Lui dit tout bas : Soigne l'humanité.
Elle languit sur un lit de misère,
Que ton talent l'empêche de souffrir ;
C'est un parent, un ami, c'est un frère,
Évite bien le cruel repentir.   (*bis.*)

—

Éclaire-le, conscience sublime,
Le magistrat qui doit chercher à voir
Si l'innocent a quitté pour le crime
Le beau chemin qui conduit au devoir.
Que ton flambeau le préserve de l'ombre
Qui le ferait, en un moment, flétrir
Un malheureux, dont est si grand le nombre ;
Evite-lui cet affreux repentir.   (*bis.*)

—

3*

Dans son état, l'homme ecclésiastique
Doit ramener doucement les humains
A la vertu qu'on nomme évangélique,
Celle, en un mot, des fidèles chrétiens.
Si dans son âme n'est la tolérance,
De son Dieu-même il trompe le désir :
Tout son devoir est dans sa conscience,
En le faisant, il fuit le repentir.   (bis.)

Le Disciple de Momus.

AIR : *Tremblez au son de la trompette ;* (de l'opéra de Fra Diavolo).

CHANTONS le vin et la fillette ,
Et narguons l'étiquette
Que l'on voit, que l'on voit ici-bas
Dans tous nos grands repas.
Le plaisir de la table
Est un fidèle compagnon
Qui nous fait sauter le bouchon
Pour vider le flacon.
Chantons, etc.

—

Quand la nuit est passée ,
J'aime à prendre chaque matin
Un bon verre de Chambertin,
De Madère ou du Rhin.
Chantons, etc.

Je me crois chez les anges,
Quand j'assiste au joyeux banquet
Où l'on chante le gai complet,
    Que le vin rend parfait.
Chantons, etc.

Partisan de la gloire,
J'honore le noble vainqueur
Qui, sortant du champ de l'honneur,
    Redevient un buveur.
Chantons, etc.

Celui qui nous rassemble
Est généreusement offert,
Car c'est l'amitié qui le sert
    Avec un cœur ouvert.

Chantons le vin et la fillette,
    Et narguons l'étiquette
Que l'on voit, que l'on voit ici-bas
    Dans tous nos grands repas.

LE CHANTEUR.

AIR : *Urlurette, ma tante Urlurette*, ou *Il faut rire*
(de DÉSAUGIERS).

LA chanson a des attraits
Pour tous les joyeux Français ;
Quand elle est bonne et piquante
   On la chante,
     Chante,
     Chante,
Chante , toujours chante. } *chorus.*

—

De chanter, voilà mon bien ,
Car je ne possède rien ;
Mais une gaîté constante
   Me dit : Chante ,
     Chante ,
     Chante ,
Chante , toujours chante.

L'honnête homme malheureux
Se console de son mieux ;
Quand sa besace est pesante ,
    Vite , il chante ,
        Chante ,
        Chante ,
        Chante , toujours chante.

—

Je voudrais pouvoir chanter
Comme le grand Béranger ;
Dieu ! que son esprit m''enchante
    Quand il chante ,
        Chante ,
        Chante ,
        Chante , toujours chante.

—

Fidèle au noble drapeau
Qui lui parut le plus beau ,
Avec sa verve puissante ,
    Il le chante ,
        Chante ,
        Chante ,
        Chante , toujours chante.

On me disait l'autre jour :
Veux-tu chanter à la cour?
La chose est trop séduisante
    Pour qu'on chante,
        Chante,
        Chante,
        Chante, toujours chante.

—

Le roi de nos conquérants
N'entend plus nos heureux chants ;
Mais, pour sa gloire vivante,
    Chacun chante,
        Chante,
        Chante,
        Chante, toujours chante.

—

Il faudrait que les plaisirs
Couronnassent nos désirs ;
La vie serait trop plaisante,
    Moi, je chante,
        Chante,
        Chante,
        Chante, toujours chante.

Je serais un homme heureux,
Si je pouvais chanter mieux ;
J'ai pourtant l'âme contente
　　Quand je chante,
　　　　Chante,
　　　　Chante,
　　　　Chante, toujours chante.

—

Notre Dame de Paris (*)
Est, selon mon simple avis,
D'un homme à l'âme brûlante
　　Quand il chante,
　　　　Chante,
　　　　Chante,
　　　　Chante, toujours chante.

—

Je respecte le censeur,
Comme tout homme d'honneur ,}
Si sa plume est bienfaisante,
　　Je le chante,
　　　　Chante,
　　　　Chante,
　　　　Chante, toujours chante.

(*) Ouvrage de l'illustre Victor Hugo.

Je crains les chemins de fer ,
Ils mènent un train d'enfer ;
Pour la chaudière bouillante
    Je déchante ,
        Chante ,
        Chante ,
        Chante , je déchante.

On vit souvent des vaisseaux
Disparaître au sein des flots :
Vive la plaine riante
    Où l'on chante ,
        Chante ,
        Chante ,
        Chante , toujours chante.

Je voudrais avant d'aller
Où l'on ne peut plus chanter ,
Faire une chanson charmante
    Que l'on chante ,
        Chante ,
        Chante ,
        Chante , toujours chante.

ADÈLE.

Air : *Oh! si Madame me voyait.*

Mon cœur, trop prompt à s'euflammer,
Soupire pour la jeune Adèle :
C'est une fraîche jouvencelle
Qu'il faut absolument aimer,
Quand on a pu prendre un baiser.
La candeur, les grâces, la jeunesse,
Semblent protéger ses beaux jours ;
Enfin, mon aimable maîtresse
Peut se comparer aux amours.   (bis.)

Son cœur est grand et généreux,
Autant qu'elle est bonne et charmante ;
C'est une véritable amante,
Qui reçut, en naissant, des dieux

Tous les dons les plus précieux ;
Ses cheveux sont couleur d'ébène ;
Elle peut habiter les cours :
Je la prends pour ma souveraine,
Comme elle est celle des amours.   (*bis.*)

—

Il ne faut pas un grand savoir
Pour peindre sa taille légère :
Elle a celle d'une bergère
Digne du plus galant boudoir,
Qu'on serait désireux de voir :
Elle est simple dans sa toilette,
Au naturel elle a recours.
Convenez que ma bergerette
Peut se comparer aux amours.   (*bis.*)

A mon Ami Gauthier,

PEINTRE,

Qui venait d'obtenir une médaille pour ses portraits.

AIR : *Je loge au quatrième étage.*

Ami, pour toi je prends ma lyre :
Ton beau talent te fait honneur ;
Ici-bas, où chacun l'admire,
Peux-tu craindre le vain censeur? (*b.*)
Ne redoute pas sa colère,
Ton pinceau te vaut un trésor ;
Ta médaille, qui nous est chère,
Te fera gagner celle d'or.   (*bis.*)

Je souhaite , en ami fidèle ,
D'apprendre l'un ou l'autre jour
Que tu suis la route d'Appèle ,
Peintre digne d'un saint amour.(bis.)
Ton noble zèle , tout modeste ,
Te fera travailler encor :
Dans cette espérance , j'atteste
Que tu gagneras celle d'or.   (bis.)

—

Tels sont mes vœux, ami que j'aime,
Les voir combler est mon espoir ;
Si je pouvais , je voudrais même
De tes années charmer le soir. (bis.)
Ensemble , dans ta maisonnette ,
Ma muse prendrait son essor
Pour chanter une chansonnette
Sur ta belle médaille d'or.   (bis.)

LE VOYAGEUR DU COMMERCE.

Air : *Du Verre.*

CHACUN a sa vocation ,
Et chacun ici-bas s'exerce ;
J'avouerai ma profession ,
Je suis voyageur de commerce.
Les voyages ont des appas
Que ne connaît pas le vulgaire ;
Tant pis pour qui n'en trouve pas ;
Moi, j'en trouve et c'est mon affaire. (bis.)

Je pars d'ici , du magasin ,
Et j'arrive dans une ville
Vers l'aurore d'un beau matin ;
Dans un des hôtels je m'enfile ;

De là , je dirige mes pas
Où ma présence est nécessaire.
On me dit : Monsieur n'y est pas.
Je monte, et je fais mon affaire.   (*bis.*)

—

Avant de penser au plaisir ,
Lestement je vois la pratique ;
Je cours , léger comme zéphir ,
Car je connais bien la tactique :
Tous les commerces d'ici-bas
Veulent la vigilance entière ;
Les commissions, les repas ,
Feront de tous temps mon affaire.   (*bis.*)

—

C'est un état fort séduisant
Pour le jeune fashionable ;
Avec un esprit pénétrant,
Il trouve partout femme aimable.
La maison qui peut l'employer,
S'en montre glorieuse et fière,
En le voyant très bien mener
De ville en ville son affaire.   (*bis.*)

—

L'homme sur terre est voyageur,
Et le seul but de ce voyage
Est d'aller chercher le bonheur ;
Mais qui le rencontre est bien sage.
Pour nous fuir il double le pas,
Et sans cesse il nous fait la guerre ;
Puisqu'on ne le rencontre pas ,
Le chercher n'est pas mon affaire.   (*bis.*)

LA MODE.

Air : *Il était un Matelot, qui partait pour le
Congo*, (du Naufrage de la Méduse).

La mode chez les Français
Est en vogue pour jamais ;
Pour trône elle a son miroir
    Où l'on peut voir,   (bis.)
Le matin comme le soir,
Son superbe ajustement,
Pourvu qu'on ait de l'argent.

Elle aime la nouveauté,
Qui convient à la beauté ;
Et pour bien d'autres encor
    C'est un trésor,   (bis.)
Qu'on estime autant que l'or ;
Mais on n'en jouit vraiment
Que quand on a de l'argent.

4

Souvent nos plus beaux écrits
Sont l'objet de son mépris ;
Si le pauvre auteur est vieux
    Et malheureux ,   *(bis.)*
On l'évite de son mieux :
Car la mode d'à présent ,
C'est quand on a de l'argent.

Les jeunes gens , le vieillard ,
Suivent cependant son char ,
A la fois ; ils sont soumis ,
    Assujétis ,   *(bis.)*
Puis quelques-uns sont bouffis :
C'est la mode du moment
De n'être pas sans argent.

La mode dicte , ma foi ,
A la nature la loi ;
Elle veut , par ses atours
    Et ses discours ,   *(bis.)*
Métamorphoser les cours :
Car son encouragement
C'est de voir là de l'argent.

LE BILLET

DE BANQUE.

LE BILLET DE BANQUE.

Un jour, en me rendant chez le restaurateur
Où, depuis six années, je dinais de bon cœur,
J'aperçois à mes pieds comme un tout petit livre ;
A l'ouvrir vivement de suite je me livre.
Que vois-je, en arrivant à la page deux cents?
Un billet de banque montant à mille francs.
Je poursuis mon chemin, mais avec la pensée
Que j'avais vu d'avance une affiche posée,
Portant la même somme en un même billet,
Et qu'en le reportant, on serait satisfait.
Je consulte à l'instant mon heureuse mémoire,
Qui me dit de gagner la rue de la Victoire,
Pour retrouver l'affiche indiquant la maison
Où loge le perdant du billet en question.
Quel bonheur ! je la vois, portant encor l'adresse
De l'homme que je cherche avec tant de vitesse.

J'arrive à cet endroit par moi tant désiré.
Aussitôt se présente un valet galonné,
Il me dit : Votre nom, pour le dire à mon maître.
Je réponds : C'est le sien que je voudrais connaître.
J'apprends que c'était bien le même individu
Réclamant avec droit ledit billet perdu.
— Mais il faut cependant avec soin que j'apprenne,
Pour visiter Monsieur, qui s'en donne la peine.
— Dites que c'est quelqu'un qui désire le voir ;
Vous me ferez entrer, j'en conserve l'espoir.
On me fait traverser toute une galerie,
Où je vois ce qui peut charmer l'œil et la vie ;
Dans le fond, sur la droite, apparaît tout ouvert
Le plus charmant des lieux, orné d'un beau couvert.
Après être introduit, la porte s'est fermée.
Je respire au milieu d'une pièce éclairée
Avec un luxe exquis et un goût enchanteur,
Qu'on pourrait comparer au séjour du bonheur.
Chacun se préparait pour s'approcher de table.
Après m'avoir rendu, d'une façon aimable,
Le salut que je fis le plus modestement
Dès que je mis le pied dans cet appartement.
A m'asseoir, sur l'heure, poliment on m'invite
Tout en me demandant l'objet de ma visite.
Je tire de ma poche mon heureux billet,
Et je dis, en riant, le voici cet objet.
Mes hôtes étonnés se regardent en face,

Je vois l'étonnement reproduit dans la glace,
On me serre la main, m'exprimant le désir
De connaître l'ami qui fait tant de plaisir.
Ici, la demoiselle met d'un air timide
Ce qu'il faut sur la table, déjà si splendide.
J'allais tout raconter, mais la dame me dit :
Vous devez, comme nous, avoir bon appétit ;
Prenez, comme je l'offre, ce parfait potage,
Et vous continuerez après votre langage.
— Je vais de ce conseil, madame, profiter ;
Car j'avoue, comme vous, que je n'ai pas dîné.
En y allant ce soir, comme à mon ordinaire,
J'eus l'unique bonheur de trouver votre affaire ;
Et le désir ardent de remettre ce bien
L'emporta sur celui du repas quotidien.
A ces mots, le mari, se trouvant à ma droite,
Dit : Monsieur, on n'a pas une âme plus parfaite ;
On chercherait long-temps un homme comme vous.
Oui, monsieur, dit la dame, croyez mon époux ;
Chacun vous le dira , c'est la probité même.
— Mon père ! c'est pourquoi je l'honore et je l'aime.
— Charmant ! ces sentiments vous font beaucoup
        d'honneur :
On est toujours heureux possédant un tel cœur.
Portons, me dit le chef, à notre connaissance
Un toast entre nous de ce bon vin de France ;
Et puis vous nous direz, pendant ce gai repas,

Où ce billet perdu se trouva sur vos pas.
— Je sortais à l'instant du passage de l'Orme,
Je vois à mes pieds la toute petite forme
De ce livre de fables, présent à mes yeux,
Que je pris tout d'abord pour un bonbon fameux.
Je le ramasse, enfin, vous en savez le reste ;
Ce que j'eus de plaisir, chacun ici l'atteste.
C'est précisément là que nous sommes passé,
Dit la jeune personne à son père enchanté.
C'est un effet puissant de la grâce divine,
Fit la dame, embrassant la jeune Célestine ;
Je ne puis en douter, c'est un arrêt d'en-haut,
Que ce soit justement un homme comme il faut
Qui passe en même temps que le malheur m'arrive,
Pour m'éviter la perte amère autant que vive :
Recevez-en, Monsieur, tous nos remercîments,
Que sauront vous prouver plus tard nos sentiments.
— Vous reconnaissez trop cette légère chose :
Un autre comme moi, la raison le suppose,
Aurait su profiter de ce hasard heureux,
Si, comme moi, l'affiche avait frappé ses yeux.
— Apprends donc, mon ami, comment tu fis la perte.
Tu fus, je le crois bien, à ta maison rue Verte ;
Puis, en t'en revenant, tu devais acheter
Ce qu'il faut à ta fille pour étudier.
— Oui, c'est pourquoi j'avais pris ce billet de banque,
Dans la crainte, avant tout, que l'argent ne me manque,

Et j'aurai fait sauter, en tirant mon mouchoir,
Ce qu'était dans ma poche, en prenant le trottoir.
Enfin, il est ici, dit la jeune personne ;
Que l'auguste bonté de celui qui pardonne
Accorde à ce monsieur ce que veut son désir :
J'en aurai, pour mon compte, un sensible plaisir.
    Le service se fait d'une façon très grande ;
La dame sert toujours, et le mari commande.
On apporte sur table des excellents vins,
Capables de chasser les plus sombres chagrins.
— Voulez-vous un verre de ce divin Lafitte, (*)
Ou si monsieur préfère celui que l'on quitte?
Ici, dans ce flacon, c'est du Moulin-à-Vent. (*)
— Je puis vous assurer que j'en bois peu souvent :
Ce sont des vins choisis par l'homme de fortune,
Et celui de mon rang n'en possédant aucune,
Doit pour mener sa barque consulter le sort,
Afin qu'un vent heureux le conduise à bon port.
— C'est bien là le langage d'une âme bien née :
Un cœur honnête et pur n'a que cette pensée.
Dites-nous, maintenant que l'appétit se perd,
Avant que nous passions du repas au dessert,
Votre état, votre nom, celui de votre ville;
Si je suis indiscret, c'est pour vous être utile.
— Je me nomme Le Juste, je suis avocat,
C'était de mon vieux père l'honorable état.

(*) Noms de vins fins.

Il mourut en ces lieux qui virent ma naissance,
Dans cette capitale de l'illustre France.
Sa veuve n'a sur terre que moi pour appui,
Que mon faible talent récompense aujourd'hui.
Que c'est grand, généreux, d'avoir soin de sa mère,
Dit la jeune personne en regardant son père :
Nous sommes en ce monde pour nous soulager ;
Mais c'est toujours par là que l'on doit commencer.
— Viens embrasser ta mère, bonne, tendre amie,
Tu feras en tous temps le charme de ma vie.
— Je suis ravi de voir un si noble tableau,
Je jure que jamais je n'en vis de plus beau.
C'est vous qui nous donnez la palette sublime,
En y mettant dessus la couleur qui l'anime.
Je compte désormais au nombre des heureux
Le jour où je perdis le billet précieux.
Je pense comme vous, par tout ce que j'éprouve :
Un billet, un ami, tout à la fois se trouve ;
La chose n'étant pas commune à rencontrer,
On est tout glorieux quand on la peut trouver.
Oui, je le suis, monsieur, mais c'est de vous connaître;
Et je rends grâce à Dieu, notre souverain maître,
Qui, certes, saura bien à propos m'inspirer,
Et m'apprendre comment il faut récompenser.
— Ne parlons pas ici d'aucune récompense,
L'honnête homme la trouve dans sa conscience ;
Par celle que je tiens, je suis assez heureux

De pouvoir espérer de venir en ces lieux ;
Je vous verrai souvent, tous les jours, je l'espère.
La demoiselle dit : Parlons de votre mère ;
Elle doit ignorer l'affaire du billet.
C'est vrai, répond la dame d'un air satisfait :
Car aussitôt monsieur nous a rendu visite,
Afin de nous remettre le billet plus vite.
— Il me semble, madame, que j'avais raison.
Elle apprendra ce soir, rentrant à la maison,
Avec un grand plaisir, cette heureuse nouvelle :
Car elle a, comme vous, une âme pure et belle.
— Mon père, tâchez donc que nous puissions la voir.
— Si monsieur le permet, ma fille, dès ce soir.
— Avec bien du plaisir je cède à votre envie ;
Vous la verrez, mesdames, toute réjouie.
    Une métamorphose en ce moment s'opère,
Nous passons du repas à un brillant dessert.
Là, tout ce que je vois est parfait, admirable ;
Les rois n'ont, je le crois, pas de plus riche table.
Les vins les plus exquis exhalent leur bouquet
Pour embaumer la salle de ce beau banquet.
— Allons, mon jeune ami, buvons de ce liquide,
Maintenant que la place est devenue solide ;
Nous pouvons, sans danger, casser tous les bouchons
Pour mieux nous assurer si tous ces vins sont bons.
De verser à longs traits je ne fus jamais chiche.
Vous avez vu mon nom, quand vous vîtes l'affiche.

Aujourd'hui vous pouvez jurer foi d'avocat
De trinquer à jamais avec un vieux soldat;
Croyez à son bon cœur, à sa noble franchise:
Il ne peut estimer l'homme qui la déguise.
— Madame, je le crois, et je fais le serment
De posséder aussi le même sentiment.
— Nous en sommes très bien persuadés d'avance;
Ici votre conduite en donne l'assurance.
Présente donc, ma fille, à monsieur ces biscuits.
— Oui, mon père, avec un de ces excellents fruits:
Votre goût aurait-il cela pour agréable?
— Certes, mademoiselle, on n'est pas plus aimable:
Quand on sait, comme vous, si gentiment offrir,
On est toujours certain de faire un grand plaisir.
Il n'y a qu'un instant je contais mon histoire,
Si je pouvais savoir celle de votre gloire?
Depuis fort peu de temps vous sûtes me prouver
Qu'on peut compter sur vous pour ne rien refuser.
— Vous refuser, à vous, me paraît impossible;
Votre âme, votre esprit, tout chez vous est sensible.
Alors vous comprendrez les pénibles travaux
Qu'il faut vaincre pour suivre ses nobles drapeaux.
Le sort me fit soldat, ma jeunesse brûlante
Fut d'abord, au combat, heureuse et triomphante:
Ce début me donna l'ambitieux désir
Du brave qui jamais n'eut crainte de mourir.
Je ne passerai point ici par chaque grade,

Cela demanderait une longue tirade
Qui pourrait ennuyer en un même discours ;
Conservons quelque chose pour nos autres jours.
Le grand Napoléon m'avait pour prosélyte ;
Je vis, en le suivant, les rives de l'Égypte.
Là, j'eus l'occasion de m'approcher de lui,
Autant comme nous sommes voisins aujourd'hui.
Il dit au commandant : Quel est donc ce jeune homme ?
Celui-ci lui répond : La Valeur on le nomme.
Voilà qu'il me regarde en me serrant la main,
Et dit au commandant : Je le verrai demain ;
N'oubliez pas, surtout, en ces lieux de vous rendre,
J'en serai satisfait ; tâchez de me comprendre.
Le lendemain, sans faute, nous voilà tous deux
Présents, comme la veille, dans les mêmes lieux.
— C'est bien ! on peut croire à la parole des braves.
Je réponds : Pour manquer, il faudrait des cas graves.
Aussitôt il fait signe au commandant d'aller,
A fin d'être plus libre pour m'interroger.
Là, je lui racontai ce qu'il voulait connaître,
Mon véritable nom, le lieu qui me vit naître.
Il m'apprit, à son tour, qu'il avait le désir
De s'occuper de suite de mon avenir.
On peut s'imaginer l'état de mon ivresse
Entendant prononcer une telle promesse.
Depuis ce jour, enfin, j'eus sa protection,
Sans savoir si c'était par recommandation.

Chaque jour augmentait mes forces intrépides ,
Je suivis le héros jusques aux Pyramides ;
Fidèle compagnon de ses faits glorieux,
Je voudrais, près de lui, me trouver dans les cieux.
Mais je dois écarter cette noire pensée,
Pour ne pas tristement terminer la soirée.
Je ne puis sans regret songer à ce guerrier
Que la France, avec moi, ne saurait oublier.
Passons rapidement à mes autres campagnes :
D'abord, du Saint-Bernard j'admire les montagnes ;
Les champs de Marengo, Austerlitz et Eylau
Virent, ainsi que moi, triompher le drapeau ;
Je vis aussi la belle et brûlante Italie,
Sa vue enchanteresse rend l'âme ravie.
Je fus blessé souvent, j'eus du bien et du mal,
Partant officier, je revins général.
    Ce récit pénétrant m'a fait verser des larmes ,
Qui portent de la joie la douceur et les charmes,
Vois donc quelle bonté, dit la dame au mari :
On ne peut s'y tromper, voilà bien un ami.
    O mon père, croyez ce que vous dit ma mère,
On connaît aisément un noble caractère.
— Je ne pourrai jamais, madame, assurément,
Rendre ce que mon cœur éprouve en ce moment.
— Vous le voyez, monsieur, chacun ici vous aime ;
Et, foi de général, je le sens par moi-même.
Portons tous ce toast à nos guerriers français ;

Que l'auguste France soit heureuse à jamais :
C'est la prière à Dieu que j'adresse pour elle,
Elle part d'un cœur pur et d'une âme fidèle.
— Je le crois, général, car votre loyauté
Est le signe certain d'une grande bonté.
— Passons dans le salon, ma fille a sa musique ;
On ne peut à ma femme faire la réplique.
Nous voilà réunis dans un salon charmant,
Riche autant que modeste et à la fois brillant.
De suite un piano, placé près de la porte,
Accompagne une voix qui séduit et transporte ;
Et des peintres célèbres les meilleurs tableaux
Font que l'on goûte ensemble des plaisirs nouveaux.
Qu'elle est douce la joie de nos deux pianistes !
La mère et son enfant, rivales des artistes,
On les voit souriant à la difficulté
Et vaincre toutes deux avec facilité.
Le général, assis près la jeune personne,
Répète les louanges que la mère donne.
Enfin, c'est un tableau séduisant, enchanteur,
Il imite vraiment le plus parfait bonheur.
— Que dites-vous, monsieur, de nos musiciennes?
Les notes obéissent à leurs doigts sans peines.
— Je dis, mon général, que par ce doux concours
Ces dames ont dessein de charmer vos vieux jours.
— Vous rendez sagement la pensée de ma mère,
Et celle qui m'anime pour mon tendre père.

Je serais très-surprise que tout le parquet,
Quand vous devez plaider, ne soit pas satisfait.
— Si tous les auditeurs que contient une salle
Possédaient comme vous une âme virginale,
Je serais assuré de faire mon chemin,
En défendant la veuve ainsi que l'orphelin.
— Le chemin de la vie est épineux, sans doute ;
Vous marchez droit, monsieur, vous ferez votre route,
C'est moi qui vous l'atteste ainsi que mon époux :
Nous sommes disposés à tout faire pour vous.
En attendant, je vais commander la voiture,
Et nous arriverons, j'en accepte l'augure.
— Cela, madame, va beaucoup vous déranger.
— Vous le fûtes bien plus en venant nous trouver.
Oui, dit le général, par la reconnaissance
Il faut nous acquitter ; mais quelle récompense ?
— Celle que je désire est en votre pouvoir ;
Mais nous ne pouvons pas en deviser ce soir.
— Si de votre silence ici je me console,
Ce n'est qu'en espérant que vous tiendrez parole.
    En ce moment un homme vient nous avertir
Que, par suite des ordres, l'on pouvait partir.
Je pars accompagné de toute la famille,
La dame et son époux, avec la jeune fille,
Qui s'informe bien vite si notre cocher
Connait enfin l'adresse qui doit le guider.
—Dites-lui, s'il vous plait, rue d'Antin, trente-quatre.

Elle dit, et voilà que nous roulons tous quatre
Avec une vitesse qui fait un grand bruit,
Attendu qu'il était alors plus de minuit.
— Votre mère est, sans doute, bien inquiétée ;
Car cette nuit, je pense, est beaucoup avancée.
Ce retard est tout fait pour donner du tourment ;
Quel contre-temps fâcheux que ce désagrément !
— Ne vous affligez pas, trop bonne Célestine,
Ma mère attend en paix avec une cousine ;
Elle sait que jamais je ne suis retardé
Que par un effet simple de ma volonté.
— Je suis très-satisfaite de ce que vous dites ;
Mais votre mère est loin d'attendre nos visites.
Comment allons-nous faire pour moins l'étonner ?
Il faudrait réfléchir avant que d'arriver.
— Ta pensée, bonne amie, est juste autant que pure ;
Monsieur doit se charger d'apprendre l'aventure,
Et nous devons ce soir nous trouver très heureux
Que la mère et le fils nous connaissent tous deux.
— Mon mari, comme un ange, traite chaque chose ;
En l'entendant parler, je reste bouche close,
Seulement je soutiens qu'on peut se contenter,
Cette fois, de la voir et puis de s'excuser.
— S'excuser ! ô madame, parler de la sorte !
  Mais la voiture arrête, et voilà notre porte ;
Elle s'ouvre après deux petits coups de marteau.
La bonne se présente et porte mon chapeau.

Je conduis au salon ma noble compagnie ;
Puis, afin que ma mère ne soit pas saisie,
Je prie qu'on veuille bien un moment m'accorder
De passer dans sa chambre pour la présenter.
Un signe de mes hôtes me fait la réponse.
Je trouve là ma mère, à laquelle j'annonce
Que trois personnes sont disposées à la voir,
Désirant ardemment souhaiter le bon soir,
Elle parut suprise, vu l'heure avancée ;
Je ne le fus pas moins de la trouver levée.
Je l'embrasse, et l'emmène le plus doucement
Dans la pièce voisine de l'appartement.
Elle se trouve là devant nos personnages,
Qui rendent le salut qu'exigent nos usages.
Elle veut s'informer qui lui fait tant d'honneur ;
On lui répond avec une grande douceur,
Que le temps n'est pas pris pour cette circonstance ;
Que son fils est chargé d'en donner connaissance.
J'assure que demain, aussitôt son réveil,
Je l'aurai satisfaite au lever du soleil.
— Je voudrais déjà bien ici le voir paraître,
Pour posséder plutôt le bonheur de connaître
Les personnes aimables de qui la bonté
Prend le soin de conduire mon fils bien aimé.
Bien aimé, je le crois, dit la jeune personne,
C'est toujours le doux nom que l'amitié nous donne ;
Mes parents le répètent vingt fois chaque jour,

Et par lui je leur prouve mon sincère amour.
— Allons, mes bons amis, il faut que l'on se quitte ;
Et demain, pour dîner, j'attends votre visite.
— Trop bon, mon général, ma mère ne peut pas
Assister, à son âge, à de si grands repas.
-Nous viendrons toutes deux vous chercher en voiture,
Et nous retournerons tous quatre, je vous jure.
— Vous voyez que ces dames en font le serment :
J'attendrai l'arrivée dans mon appartement.
Songez à ce que dit un ami véritable ;
Je compte tous les deux vous avoir à ma table.
— De vous désobliger, monsieur, j'aurais regret :
Vous portez à mon fils un trop haut intérêt.
    On sort, et la voiture au loin nous fait entendre
Que notre général sera prompt à se rendre.
Laissons, pour cette nuit, notre jeune avocat,
Et suivons à la piste notre vieux soldat.
Il arrive, suivi de sa femme et sa fille :
Car c'est là tous les membres de cette famille.
L'heure invite ces dames à prendre du repos,
Et pour imitateur elles ont le héros.
Ce repos ne sera que de courte durée,
A moins que l'on ne fasse longue matinée ;
Ce qui n'est pas probable, quand on a le soir
Des amis invités et qu'il faut recevoir.
On sonne chez madame et chez mademoiselle,
Et le bon général, à son heure fidèle,

Descend fumer sa pipe dans sa grande cour,
En attendant qu'il fasse chez ces dames jour.
On sonne de nouveau, un valet se présente,
Il voit la demoiselle qui joue et qui chante;
Le voilà devant elle, d'un air étonné,
Lui disant à voix basse : Vous avez sonné?
Elle ne répond pas, entière à sa musique;
Il a beau questionner, le pauvre domestique
Est obligé d'attendre la fin du morceau,
Ne pouvant pas avant connaître le nouveau.
Que me demandez-vous, dit la jeune personne?
Vous devez attendre, je crois, que l'on vous sonne.
— Pardon, mademoiselle, mais je croyais bien......
— Je crois aussi, bon Jean, que vous ne croyez rien.
Ma mère en ce moment regarde à sa fenêtre,
Allez, c'est après vous qu'elle cherche peut-être.
Le général enfin, a fini de fumer,
Puis auprès de ces dames monte pour causer.
— Que dis-tu, Célestine, toi qui penses juste,
De l'entrevue d'hier chez madame Le Juste?
Je serais désireux de voir ton jugement,
Et celui de ta mère tout également.
— Mon père, il est facile de vous satisfaire :
Je pense à ce sujet comme ma bonne mère,
Elle dit, entre nous, que c'est un jour heureux
Que celui qui nous fit les connaître tous deux ;
Attendu qu'on rencontre souvent à la ronde

L'intrigant parcourant chaque ville du monde,
Ne demandant pas mieux que de toujours tromper,
Et notre homme à cela ne peut pas ressembler.
— Ma fille parle là comme l'expérience,
Et tout ce qu'elle dit mérite confiance ;
Car il n'existe pas plus belle probité
Que celle qui nourrit cet ange de bonté.
As-tu vu, mon ami, comme il aime sa mère,
Par ces soins généreux d'une amitié sincère ?
C'est un homme de bien, digne d'un sort brillant ;
Je prie Dieu qu'il lui donne, et à sa mère autant.
— Vous possédez à deux la tendresse des femmes ;
Que de trésors cachés dans le fond de vos âmes !
La douce sympathie y réside à jamais,
Et sème abondamment ses immenses bienfaits.
En tout votre pensée est semblable à la mienne ;
Car je veux chaque jour à ma table qu'il vienne.
Avec un honnête homme l'on fuit le souci
Qu'on se donne à chercher un véritable ami.
En entrant chez sa mère, on peut remarquer l'ordre
Où nulle médisance n'a le droit de mordre :
Car en ce lieu charmant la belle propreté.
Brille de tout l'éclat de sa grande beauté.
— O mon père ! on ne peut mieux rendre la justice ;
Vous n'imitez en rien du monde la malice :
Le méchant, qui ne rêve que rage et dépit,
Tremble devant le feu brûlant de votre esprit.

5*

—Le tien, ma bonne amie, en tout paraît semblable,
Il te fait désirer en te rendant aimable.
On aime à rencontrer, dans ce vaste univers,
L'honnête homme toujours et jamais le pervers.
Pendant que nous voilà tous trois en conférence,
Parlons donc, entre nous, de cette récompense
Que l'on voulait hier accorder à l'effet
De la remise que l'on nous fit du billet.
C'est vrai, mon père, fit la jeune Célestine ;
Mais à le refuser le jeune homme s'obstine.
—Nous saurons bien, ma fille, lui faire accepter
Celle qui conviendra pour le dédommager.
Je les attends ce soir, ce bon fils et sa mère,
Et là, nous traiterons ce chapitre, j'espère ;
Puis après que j'aurai fini de discourir,
J'aurai mes yeux, je crois, pour mieux le voir venir.
Je veux encourager cet honnête jeune homme ;
Dût-il me refuser, mon ami je le nomme.
On remplit rarement un semblable devoir,
Je veux m'en acquitter, si c'est en mon pouvoir.
Mais l'heure vous invite à vous mettre en mesure,
Pour les aller chercher, de monter en voiture ;
Partez, puisqu'il est dit que c'est vous toutes deux
Qui devez vous charger de les rendre en ces lieux.
La dame monte avant la jeune Célestine,
Et dit au général : Dans une heure l'on dine ;
Nous ne pouvons, je pense, éprouver de retard,

Il ne résulterait du moins pas de ma part.
  Le cocher disparaît avec grande vitesse,
Et le bon général à remonter s'empresse,
Afin de réfléchir tout seul au résultat
Qu'il doit prendre à l'égard de son jeune avocat.
La question est, dit-il, profonde et délicate,
Il faut de la raison craindre que je m'écarte;
Son esprit pénétrant ne saurait pardonner
A celui, sur ce point, qui pourrait l'offenser.
Je ne sais vraiment pas encor comment m'y prendre,
Je voudrais mieux connaître, afin de mieux com-
        prendre.
Offrirai-je à cet homme une somme d'argent?
Si j'éprouve un refus, je ne suis pas content.
Attendons, car je crois ce moyen le plus sage;
Quand nous en serons là, nous verrons son langage.
Je ne puis espérer que leur prochain retour,
Car, si je ne me trompe, on entre dans la cour.
En effet, l'avocat tient par le bras ma femme,
Et ma fille en montant conduit la bonne dame.
Bon soir, mon général, comment se porte-t-on?
Dit l'homme de Thémis, avec le meilleur ton.
— Bon soir, mon jeune ami, vous êtes de parole;
On ne vient pas vous voir, avec ces dames, on vole.
Vous avez des chevaux qui sont si bien nourris!
Et puis votre cocher qui connaît tout Paris!
— Je n'ai pas éprouvé par trop d'impatie...ce,

Ces dames ont, je vois, fait toute diligence ;
Elles savent que j'aime, quand l'heure a sonné,
Qu'on soit exactement à la table placé.
— Vous aimez à donner suite à vos habitudes ?
Pour savoir cette chose, il ne faut pas d'études ;
Et c'est de cela même que vient mon tourment,
Quand je sais être cause du dérangement.
— Ah ! noble général, il vous rend ma pensée,
Et je rends grâce à Dieu de l'heureuse journée
Où mon aimable enfant vous remit le billet :
Car depuis ce moment mon bonheur est parfait.
— Admirable est, madame, tout ce que vous dites ;
Mais n'allez pas en croire que nous sommes quittes,
Je veux que le jeune homme convienne aujourd'hui
De ce que je dois faire pour vous ou pour lui.
En attendant, mesdames, mettons-nous à table ;
L'appétit satisfait, il sera plus traitable.
— Qui ne le serait pas, quand la douce bonté
Pénètre notre cœur par tant de vérité ?
Il faut que, malgré nous, vienne la confiance
Toujours accompagnée de l'aimable espérance.
L'intérêt généreux dont je me vois l'objet
N'est-il pas suffisant pour être satisfait ?
Vous m'accordez aussi votre amitié si chère,
Qui rend heureux ensemble le fils et sa mère.
Pourquoi toutes ces choses qui font mon espoir ?
Ai-je fait plus, enfin, que mon simple devoir ?

Et vous voulez encor, pour comble de largesse,
Que chaque jour ici, pour dîner, je paraisse.
Que Dieu me garde bien de jamais vous fâcher,
Mais je suis incapable de tant profiter.
— De me fâcher, parbleu ! vous en prenez la route.
Vous n'empêcherez pas ma volonté, sans doute :
Si je veux vous traiter comme un sincère ami,
Je ne dois pas, je pense, en agir à demi,
Moi qui n'ai rencontré dans ce monde perfide,
Après Napoléon, ce vainqueur intrépide,
Que des trompeurs ingrats, n'aimant que le détour;
En vous voyant, monsieur, je vis un heureux jour.
— A l'élan de son cœur ne mettez point d'entraves,
Son âme généreuse est une des plus braves ;
Il vous aime en ce que vous avez de l'honneur;
S'il veut vous protéger, laissez-lui ce bonheur.
— Retenez bien, monsieur, ce que vous dit ma mère,
Elle sait mieux que vous comment prendre mon père:
Il est reconnaissant de ce qu'on fait pour lui,
Vous avez pour cela quelques droits aujourd'hui.
— Hé bien, mon fils, il faut du bon chef de famille
Tout accepter de lui, fût-ce même sa fille !
    La sortie de ma mère me fit un effet
Que je ne pourrais rendre que très imparfait.
Je regarde en silence toute l'assemblée :
La jeune demoiselle a la tête baissée,
Et sa mère, près d'elle, dit au vieux guerrier :

De répondre à madame tu dois te charger ;
Car plus elle s'explique d'une façon franche,
Et plus elle a le droit d'attendre sa revanche.
— On ne saurait blâmer ce beau raisonnement ;
Ma femme parle là comme le sentiment.
Je dois dire, à mon tour, à madame Le Juste
Que d'y penser un peu ne parait pas injuste.
— Injuste ! non, monsieur, car je n'espère pas
Tant de félicité pour mon fils, ici-bas.
— Je ne l'espère pas plus que vous, je le jure.
Posséder pour épouse une vierge si pure,
Est un bien dont le prix est par trop précieux
Pour que je le demande à la bonté des cieux.
— On doit la confiance à la grâce céleste ;
Si vous ne l'aviez pas, seriez-vous trop modeste ?
— Répondez donc, jeune homme, à ma femme qui dit
Qu'elle ne connait pas un tel homme d'esprit.
— Je ne sais, général, ce qu'il faudrait répondre,
Pour que madame ici ne puisse me confondre.
Je crains de m'égarer par tout ce que j'entends,
Et je me sens heureux de ce que je comprends.
— C'est bien, mon jeune ami, la réponse est divine.
Mais toi, que nous dis-tu, ma bonne Célestine ?
— Je demande pardon de ma timidité,
Et me soumets à toute votre volonté :
Elle a de mon devoir toujours été le guide ;
L'amour de nos parents par là se consolide.

Ma mère en s'attachant à me faire obéir,
Préparait de sa fille le doux avenir.
— Viens embrasser ta mère, ô ma fille chérie !
Tu seras en tous temps ma plus sincère amie.
    J'admire de ma place ce tableau touchant,
Et je crois embrasser moi-même mon enfant.
— Vous goûtez, général, un bonheur sans mélange,
Car votre demoiselle, à mes yeux, est un ange.
— Votre fils est, aux miens, un semblable sujet :
De l'aider en ce monde j'ai tout le projet.
— Ah ! monsieur, qu'il est beau d'être ce que vous
        êtes !
Vous ne pouvez cesser de faire des conquêtes :
On vous vit au combat le glorieux vainqueur,
Vous l'êtes maintenant ; mais c'est de chaque cœur.
Cette gloire est durable autant que légitime
Pour un homme de bien que l'honneur seul anime.
— Votre esprit a le don de me persuader
Que vous devez avoir celui de bien plaider ;
Vous avez un langage doux autant qu'aimable,
Qui me fait regretter de nous lever de table.
Mais ce qui me console du léger chagrin,
C'est de vous voir ici le soir ou le matin.
Si l'heure en ce moment force que l'on se quitte,
C'est avec cet espoir que je fais la conduite.
Célestine et sa mère vont dans le salon
Attendre mon retour en prenant la leçon.

Partons, car il est temps de monter en voiture,
Et bientôt je serai revenu, je le jure.
Ces dames nous conduisent jusqu'à l'escalier,
Et prennent elles-mêmes le soin d'éclairer.
　Laissons le général, l'avocat et sa mère,
Qui parlent, en courant, du mariage à faire,
Et voyons ce que dit la femme du guerrier
Avec sa demoiselle bonne à marier.
— Pose là, pour l'instant, ton cahier de musique,
Il te rend en lisant toute mélancolique;
La tristesse n'a rien qui peut nous convenir,
Car elle n'aime pas le plus simple plaisir.
Tu sais, ma bien aimée, pour toi ce que je pense,
Combien de soins j'ai pris de ta jeune innocence,
Afin de conserver cette belle candeur
Qui fait de ton vieux père le parfait bonheur.
— O ma mère! on ne peut en trouver de plus tendre;
Que de grâce, ô mon Dieu! ne dois-je pas vous rendre
Pour tout le bien dont vous me comblez chaque jour;
Et pour tant de bontés, je n'ai que mon amour.
— Il n'en demande pas aux humains davantage :
Aime-le toujours bien, tu seras toujours sage,
Et tu pourras trouver un vertueux époux
Qui voudra de te plaire se montrer jaloux.
— Que le ciel reçoive la prière du juste,
Et me fasse épouser cet honnête Le Juste :
Il a fait une action qui prouve assez combien

Il est grand, généreux, autant qu'homme de bien.
— En deux mots, Célestine, tu charmes ta mère.
Pour nos âmes, ma fille, il n'est point de mystère :
Ce que ton cœur m'apprend, je voulais le savoir,
Car c'est le gendre aussi que nous voulions avoir.
Mais on ouvre la porte, si je ne me trompe,
Je vois de la clarté, c'est ton père qui monte.
— Te voilà, mon ami, bien vite de retour ?
— C'est pour vous embrasser toutes deux tour à tour.
— O mon père ! c'est moi qui serai la première ;
J'en demande pardon à mon aimable mère.
— Je te cède, ma fille, volontiers le pas.
— Mais moi je veux les deux à la fois dans mes bras,
Le plaisir, en ce monde, veut qu'on aille vite,
Surtout quand les années viennent à notre suite.
Elles passent ici par trop rapidement,
Pour n'être pas avare de chaque moment.
— Que d'esprit on admire dans votre parole !
— Ma fille le comprend, c'est ce qui me console :
On jouit doublement en trouvant de l'écho,
Ce plaisir animait l'homme de Marengo.
— Tes pensées, mon ami, sont celles du vrai sage ;
Mais raconte-nous donc deux mots de ton voyage.
— Il est plus que facile de vous contenter,
La nouvelle ne peut que vous intéresser.
— De la connaître ici mon désir est extrême.
— Eh bien ! ma Célestine, ce jeune homme t'aime.

— Mon père, pardonnez à ma légèreté.
— Peux-tu douter pour toi de toute ma bonté?
Il m'a même dit plus, tant est vive sa flamme;
Si j'avais, me dit-il, votre fille pour femme
Je serais sur la terre le mortel heureux;
Vous voulez mon bonheur, il comblerait vos vœux.
A ces mots échappés de sa noble poitrine,
Je lui dis : Mon ami, je verrai Célestine;
Et puis, comme il est dit qu'on se voit chaque jour,
Nous verrrons si son cœur a pour vous de l'amour.
Parle-moi franchement, ma toute bonne amie,
Tu sais que je ne veux que ton bien dans la vie.
— Oui, ma fille, réponds avec ta liberté,
De ton père et de moi tu connais la bonté;
Jamais nous n'avons eu l'idée de te contraindre :
Les parents qui le font, sont grandement à plaindre.
Ce jeune homme est honnête, et c'est un avocat;
Il a l'honneur pour guide et puis un bel état.
— Je souscris de bon cœur à vos vœux, par avance,
Sachant que vous tenez à donner récompense.
Ensuite Célestine embrasse ses parents,
Qui sont d'elle tous deux parfaitement contents.
    Depuis ce jour heureux, on se voit à toute heure,
Nos amis n'habitent qu'une seule demeure;
On apprend à s'aimer dans ce charmant séjour
Asile du bonheur ainsi que de l'amour.
Au bout de quelques mois on fit le mariage,

Qui fit en même temps le plus joli ménage :
Car on y voit régner l'ordre le plus parfait.
Voilà ce que produit la perte d'un BILLET.

REIMS. — IMPRIMERIE DE REGNIER.

TABLE.